Ehre dem Photographen! Denn er kann nichts dafür!

Wilhelm Busch

Wie häufig tadelt man den Photographen und doch wie ungerecht!

Der Photograph ist eigentlich Maler; denn er zeichnet

und lasiert,

er wählt die richtige Distanz für Goldsachen

und neue Zylinder.

Er arrangiert die Neuverlobten, und wohlgelungen wäre die Gruppe,
hätte nicht das männliche Objekt der Kunst die linke untere Extremität
eigenmächtig nach vorne geschoben.

Hier ist Fräulein Adele im Begriffe, für ihren Ferdinand sich
abphotographieren zu lassen.

Der Photograph verfährt mit der äußersten Sorgfalt. Er hat die Position zu seiner Zufriedenheit geordnet.

Aber unbefriedigend ist das Resultat; denn was kann der Apparat gegen die unaufhaltsamen Schwingungen

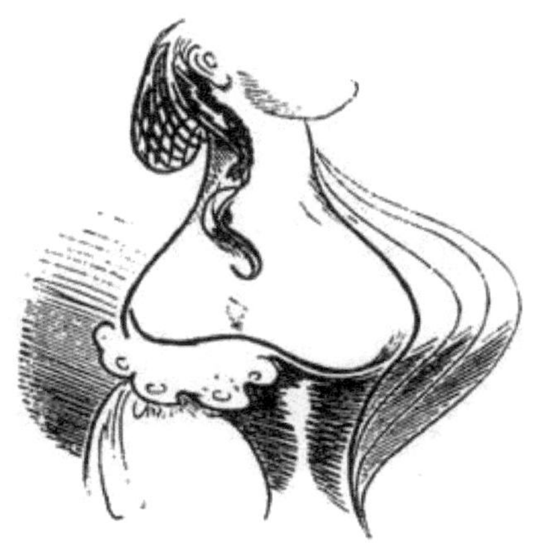

eines zärtlich erregten Herzens?

Auch Hanno von Hinkelsmark will sich aufnehmen lassen.

»Den Kopf etwas mehr nach rechts!«

»Oder, bitte, stehen Sie gefälligst auf! Und nur recht freundlich, wenn ich bitten darf!«

»So! Es beginnt!«

»Sieben – acht – neun – zehn – elf –«

»Fertig!«

»Hier ist die Platte!«

Was die Kritik von einem guten Kunstwerk verlangt ist drin:
Vergangenheit, Gegenwart und Zukunft. Bloß die ruhige Haltung fehlt.
Wie kommt das nur? Der Mensch tut's, der Apparat macht's und der
Photograph verkauft's! Drum Ehre dem Photographen, denn er kann
nichts dafür!